나도 숨 쉬고 싶다

나도 숨 쉬고 싶다

박승일 시집

좋은땅

목차

1부

2부

3부

4부

1부

기모노를 입은

익숙해지고 있다
사랑도
사랑이 베풀었던 다양함도
네 옆구리에서 삐져나오는 신음이었을 뿐

갈수록 구체적이지 않은 자세
지배와
피지배의 원리를 보여 주는 듯
저녁 TV의 동떨어진 메인 뉴스

익숙해지고 있다 억세게 운수 좋을 날들을 위해

사람을 넘어 사람
사랑을 넘어 사람

종말을 앞두고 우리는
질 좋은 유전자를 사고팔기에 여념 없는

지금까지 마치

아무 일도 없었던 사람들이 되어서는

기차를 타고

오전엔 자유가
오후엔 공정이
한밤엔 전장이 연주되는

수돗물을 걸러 마시는 능력이 내겐 없으므로
쇠 바람 기차를 타고 떠나는

눈에 들러붙는 타지의 낯설음들
혼자 숨기 좋은 곳 거기

네 외침이 절뚝거려?
적당이란 불순물을 섞어 위로해 줄게

술 취해 곁에 누운
몇몇의 그림자로 인해 생이 아름답지 않아?

희생
구걸
늙은 가수의 노래

불편한 침묵이란

반 넘어 강요일 수밖에 없다는

그리하여

너는 한 페이지

나는 반 페이지짜리 기차를 타고 출발하는

길에서

점점점 박정만은 진즉 우주로 꺼지고 우리는 점점점 걸어 다니는 별로 남아 있어

나비는 꽃에 새들이 공중에 박혀 있는 별이 별을 낳는 걸로 알고 있지만 시나브로 인공화하는

함박 별을 주머니에 채우고 바야흐로 별 맺는 나무를 심고 먹고 마시고
무시로 별을 반죽하는 손길들

그래도 점점점 별 밝은 것은 별에 까인 후 우주로 꺼져버린 박정만의 발광 때문 하여

추억을 걷는다 해서 길을 잃지도 않아 돌돌 벼랑 아래로 폭포가 지고 있어 그래도 돌돌돌 변명을 않아

우린 늘 애닲아 어두워지면 고개를 돌려 실눈을 뜨고 단맛으로 범벅된 끈적거리는 밤을 엿보기도 하지만

모두가 파격적이지 않을 바에야 아무럼 어때 아 슬퍼도
눈물이 없어 마른 눈물만 흘러내려

꽃에게

아가씨들
저 입을 거리는 봄을 위해 지은 것 치마 끝자락 맴도는
이녁들은 모르는 바람이 인다

두드리지 않아도 독신자들의 창이 열리는 백 살 먹은 노
총각이 뒤춤에 감춰 뒀던 그것

부지중 맛있는 포도주를 마신 듯 꽃 한 잔
사실은 가슴속 오래 비어 있던 데면데면했던 풍경이었
던 것

있는 것 다 소비하고 그 앞에 서면
백 년을 떠돌다 돌아온 듯 어쩌면 그렇게 저녁 꽃잎처럼
다소곳해지는

꽃을 베고 꽃을 덮고 일생이 청춘이란 지점에서 머물 것
같았던 그리하여
다시금 꽃그늘 흰 머릿결 어루만져 보는

다시 아무도 없는

초승달은 초승달끼리 제 몸의 뒤편에 쪼그려 앉아 식은 햇살이나 얻어 쬐고만 있는

이를테면 총알에 매달려 온 듯 반 넘어 제 목숨이 아닌 그러니까 며칠밖에 남지 않았다면 한 번쯤 총이 되어 보기를 소망할 것만 같은

이제는 귀가 어두워진 완고하고 편파적인 기억으로만 남을 것 같은 어쩌면 이자에 불어터진 생을 견뎌야만 했던 이름 대신 별명으로 회자될 것만 같은

벨이 울리면 기어코 목부터 메어 오는 젊음이란 무엇에 소용되었던 걸까 닳아 버린 숟가락을 놓으면 짠맛만 남는 입안

들꽃

내 유년의 들판
손톱을 깎으면 그대로
나비 떼 되어 날 것 같았던

이제 그 노쇠한 들판 꽃무리 누워
빛바랜 고해성사의 시간
그 또한 반드시 기억해야 할
불멸의 고유명사

그때 그 나비 넘나들며
꽃향기 움막 한 채 짓기 여념 없는데
내 외로운 생의 일기는 시방
일몰의 페이지에 이르다

들꽃이 한때 들판을 의지함같이
나비여 꽃이여
형편없이 떠돌다
이제는 들판처럼 누워야 할 생이여

미얀마

강가였다
강가라서 강바람이 불었다
바람에 맨몸
자갈들 날아와 박혔다

깊은 수심이었음에도
풍경의 떨림이 전해졌다
물고기들의 눈동자가
게르니카처럼 휘둥그레졌다

심장과 허파가
피로 공포로 지은 옷을 입은
분노

언제쯤
바람의 새살이 돋을까
미안하다
그래서 미얀마

마치 우리는

아무 일도 없었던 것처럼 하루치의 얼굴을 썼다가 벗었다가

세포들이 죄다 수동적으로 진화하여서는

사는 건 다 그래 한쪽 귀로 빠져나간 농담들의 꼬리를 우두커니 바라보는 것인데

그래요 전화를 받는 순간 생이 제 무게를 잃은 건 아닌지

뿌리 없음이란 얼마나 가볍고 같잖은 것인지 저처럼 중심을 벗어난 표정

겸손한 인류가 멸망을 몰라도 한참을 모른다는

분명한 것 그가 여전히 움직이고 있다는 것 이따금씩 단조로운 저항을 보여 주곤 했지만

마침내 태양과 함께 세상의 재난을 주도하기 시작했다는

그리하여 밤을 포기한 도시의 새벽이 불빛에 잠기고 우
리의 잠결에 꿈꾸는 중에

벗어 놓은 장화에 물이 그득 찼다는

우리 중 누군가가 받아 온 판결문과 하나같이 똑같은 그것

멸망

계단 내려가기

비 내리는데 뼈대만 남은 우산
가리지 못해
보잘것없어진 우리가 수묵화처럼 번지는데

구르지 못한 빗방울이 쌓인다
육지를 표류하던 우리는
빈 지갑 속 젖은 서로를 꺼내 마냥 낭비에 몰두한다

집은 유일한 출입구
머나먼 거기까지 나는 다리가 짧고 너는 허리가 길어
죽도록 달려도 우리의 백 미터는 아장아장 타임스퀘어의
백 년
이러다 서로의 제목도 잊는 건 아닐까

우린 외양간에 매어 둔 별 이야기
월화수목금토일까지 쏙 빼닮은 우리는
이름을 바꿔 얼굴을 바꿔 일기를 쓴다지만
새로울 것 하나 없는

슬픔 금지

민다나오 참치 사냥꾼이 지켜야 하는
참치 아니면 금해야 할 그것

서해 지면 동해 뜨는
하염없는 바다를 짊어진 물고기를 뺀 나머지 그것

끝과 끝 다 잇고 제자리 돌아와 다시 떠날 채비하는
막막해서 망막해서 기대선 바다를 찢어서는
시푸른 비명이라도 질러 대야 할 그것

제 껍질 몇 번 벗겨 우려먹고는 결국 그것을 두둔하다 죽
어 가야 할 그것
제 생애엔 태풍 몰아치지 않을 거라 때라도 써야 할 그것

저를 찢고 베끼고 지우고 타인의 시늉만 내다 죽고 말
그것
그러다가 그러다가
파도의 가장 높은 둔덕 위 제 무덤 앞 자지러지고야 말
그것

신문 사절

거긴 어때?
그가 안부를 물어 왔다
지난 가을이었다

여긴
뜯다 만 뼈다귀로 문전성시야
몇몇 이빨들은
깨물고 놓질 않아

윤기 넘치는 세기말
단벌로는 힘에 겨워
하지만 들어와
물에 만 밥이라도 한술 떠
이 시절의 연필은 죄다
변명만을 남기고

재앙처럼 드러난 갈비뼈
봄의 씨앗을 글썽이는 들판

누군가 입다 버린

저 홑겹의 세월

우리 이제

어깨동무는 하지 말자

억지로 쥐어짜는 공정은 싫어

아네모네 여인숙

여긴 참 아득해
누우면 바닥이 온통 무게를 감당해 주거든

눈 또한 허다하지만 고요에 묻힌
문명이 베푸는 조급함도 없는

그리하여 가진 것 모두 방목하고 찾아든
주름진 기억만으로도 아늑해져

변명도 핑계도
꼭 한 사람만큼의 온기를 깔고 덮으면 그만
흔적으로 흔적을 덮어 주는

창밖 풍경도 머물러 떠나지 않아
어디 먼 데 떠돌다 지치고 상처받은
이때쯤 한번
사람보다 더 사람이고 싶어지는

한 잔의 술은 겨울보다 더 깊어

꽃이란 어쩌면 화려한 죄

아는 꽃이란 꽃은 죄다 꺼내 피워 보기도 하는

이름을 짓다

웃통을 벗어던지고 코를 뚫고 이제 당신의 모든 괴로움
들 '이젠 끝'

생이 혹 당신을 발광케라도 한다면 '빗속을 달려'

모두 저만치 앞서가고 당신만 뒤쳐진다면 '느린 거북'

키 작은 당신을 위한 선물 '서 있는 키 큰 친구'

툭하면 자빠지는 당신에게 한마디 '주먹 쥐고 일어서'

새는 날개와 부리 말고 '발로 차는 새'도 있음을

'빛나는 나뭇가지' 아래 우린 모두 '비틀거리는 곰'

잠 못 이루는 밤이면 '번개 치는 담요' 한 장 덮으시길

이 세상 지진의 원인은 모두 '시끄럽게 걷는 자'들에 의하여

'구르는 천둥'이여 '휘몰아치는 달'이여

우리가 우리에게 인디언식 새 이름 하나씩!

일기를 쓰다

눈떴어?
오늘은 이름을 바꿔 보는 게 어때
그리움의 아궁이에 불을 지피고
불러 보는 이름들
새로울 것도
내가 사라지는 행운도 없음을

눈 감았어?
내 것이 네 것 아니듯
우리 것도 없음을
흰 종이만 펼쳐 놓아도 시퍼런
죽은 이들의 이름

나는 선율로 내 목을 조이고
문학으로 나를 벨 거야
그러므로 과학은
과학의 힘을 빌려 멸망하겠지

사랑아

풍성한 혹은 화려한 외로움

시대적 착각일까

물밀 듯 불길한 예감

예측을 못 하겠어

자클린의 눈물

이정표만 쫓다가 변기에 빠졌다
빠지고 나서야 체감하는 수심
누군가 물을 내릴 것이고
새삼 낙하물에도 주의해야 한다
가늠할 수 없는 깊이
악어 무리가 입맛을 다시는지
고요한 소용돌이가 일었다

마음이 가난하면 오가는 시선에도 그을리는지
송곳 꽂을 땅 한 뼘 없는 자 하나 지하로 스며든다
유일한 영토인 라면 박스 한 장 깔고 눕는다
흩어진 가족지도를 복원하려는 듯
가슴 깊숙이 사지를 말아 넣는다

오늘 밤에도 뉴스는
부유한 항로로만 뱃머리를 돌리지
물길을 잘못 짚은 물고기 한 마리
공원 벤치에 고여 있다
세상이 다가와 몇 가지 사례를 변명했지만

나이 학력 재산 성별 무관

전봇대의 구인광고에서도 그는

채용되지 않았다

춘자 여인숙

낡은 바람의 콧소리 들리는
여긴
스며들어야 마땅한 곳

그네들의 짓무른 시선 흘러내리는
빛바랜 벽지

낡은 창 별빛 뒤적거릴 때면
한 방울 눈물로 고이는 어릴 적 왕자의 일기

불 켜고 자면 쉬이 얕아져
잃어버린 잠 선뜻 빌려주는 여기

국도를 따라 오르내렸다
이제 강도 늙어 끓어오르기를 멈춘

세상은 늘 적자를 강요했고
물려줌도 물려받음도 없이 그저 주사액처럼 스며들어야
좋은

일출을 일몰로 받아들여도
한 병의 술로도 모자람 없을

그녀 춘자와 나 여인숙

출퇴근을 하다

꽉 막힌 도로 위
출퇴근길도 한 여정인데
저 길 꼭 가야 하나
신호를 바꿀 순 없나

도시로 이주를 감행한
그럴 수밖에 없었던
까마귀 외침도 경이로운 아침에
정해진 목적지를 향하여
동행도 없이

저 혼자 분주하거나
혹은 외로웠던 국도의 끝
함께 걷던 친구는 떠났다
떠남의 해석만큼 넓어진 길
나는 돌아와 빈방을 청소한다
좁은 방 숨은 길들을 가방에 쓸어 담으며
도착도 않았는데
떠날 것을 서두른다

사랑이여

걷고 걸었다 걷다 보면

아름답지 않은 것 없었으나

일인이역을 한다 해도 생은

비탈리 샤콘느!

자격

은근슬쩍 꽃을 더듬거릴 자격도 흥청망청 짙어진 빛 꽃
에게 미룰 자격도
저 나비는 갖추고 있는 것이다

봄은 그렇게 깨작깨작 한 모금씩 간 보는 그저 나른한 횡
재와도 같은 것

우린 아직
저 빛의 유혹을 거스를 수 없어 선이자를 뗀 부끄럽고 억
울한 걸음걸이로 봄날
변두리 정류장을 터벅거리는 것이었는데

나비의 기다란 주둥이 탁상공론이란 없어
어둡고 습기 찬 골목과도 같은 식도 이복형제처럼 위장
만 남아 꼴떡거리는 우리에겐

마지막 남았던 봄날의 증인도 떠났어 많이 먹지도 않았
는데 왜 미련하다는 걸까
햇볕 아래 서면 왜 영하의 자격을 갖추게 되는 걸까

출판 기념회

교향곡-콩나물시루 누군지 가둬 놓은 베토벤의 음표로
　　빼곡한 마트에 눌러앉은 콩나물 콩은 다 어디 가
　　고 나물로만 남은

늙은 콩-억만금을 들고 젊음을 구하러 갔던 매표소 앞의
　　장사진 그렇게 기다리다 콩 심은 데 콩 나겠냐
　　마는

숲-별을 덮고 돼지우리에 잠든 돌아서 가는 자의 발걸음
　　소리 남은 자의 가슴에 긴 한숨으로 박히는

가르침-누가 우리 정서의 숲을 죄다 벌목했나 점령당하
　　지 않았음에도 점령당한 노인과 소년이 되풀이
　　되는

반항할수록 생은 허전한 신파조인

죽도록 개나리

자식이 사십을 넘었다
내가 구현한 완성의 척도는 폐기 수준

다이어트로부터 고집으로부터
노후와 부유
싸워 보지 않은 적들과 꼴값을 떠는 정치로부터

집 안팎의 과거와
한 번도 사랑에 빠진 적 없는 애인으로부터

노란 꽃 피는 노란 세상
노란 고백을 베고 덮고

나는 한물간 시인의 거들먹거림으로부터
행운 또한 모조리 빗겨간 지독한 평범함으로부터
쉰내 진동하는 하품을 날리느니

이제는 다 늙은 식민지를 향해 굴곡진 걸음을 옮기는
자식이 사십을 넘은

2부

전장을 연주하다

말을 그리고자 했는데
늙은 노새가 아는 척한다

밤이면 서늘한 개가 짖었다
그래도 아이들은 자랐다

먼 곳엔 넋 나간 포성
산자와 죽은 자의 어깨동무
전장을 어루만져 주던
불멸의 연주곡들

삶의 야릇한 횡포에도
식탁은 매번 단란한데
황홀할수록 즐겁지 않은 식사

전장도 전쟁
이제 아무도 신문에 투신하지 않는다

머리통이 거대함으로 혀가 긴

왜 악마는 늘

천사와 함께 춤추는 걸까

주말 부부

너무 빨리 목적지에 다다른 느낌

낭떠러지는 낭만적이지

부부란 시대에 따라 해석을 달리해야 해

연이은 쇼핑에 질린 몰골

하늘 아래 새로운 것

집 나이와 바깥 나이

인간의 감정은 위조할 수 없네

맹물도 저런 표정은 아니더라

요람에서 무덤까지

관계를 지켜 온 미담은 동포애

몸은 나이 든 풍년일 뿐

고백 또한 이제

꼼꼼하지 않은데

주말여행이 관광으로

혼자만의 꽃향기가 수명을 다했다

한 벌 수저를 더 놓으면

관할구역의 저쪽

사냥감을 쫓다 늙어 버린 몰골
내 수면의 문턱을 넘어올지도 몰라

장바구니를 열고
침대 하나 더 골라 담을까
한 지붕 두 가족이
연민과 우정을 깔고 덮는다

천문

누가 토끼를 달 바깥으로 꺼내 놓았나 손바닥에라도 쥔 듯 은하를 몰고 다니더니 이마에 부서지던 별빛, 오늘에 이르러 청량한데

새는 요약된 공중, 날 수밖에 없는 구조로 완성되었어라 다 해진 날개로도 권역을 이탈하거나 경직되지 않으니 새 떼가 운용하는 천문은 날개로 풀어야 하는 것 돌출한 부리로 끊임없이 기록하는 저 고지식한 운항일지

풍덩, 돌 한 덩이로 풀이한 운수도 있으니 그로 말미암아 종족놀이에 빠졌던 우물 안 개구리들 제법 골똘해진 것 아니겠니 절반쯤 심사숙고하는 자세로 딱딱한 돌 위에 올라앉아 외우는 주문이 왁자한데 돌께서 점지한 오늘의 운세는 개골개골, 봄밤에 기탄없구나

물거품이 자꾸 부풀어 오르니 물이 제맛을 잃어가는 것은 아닌지 안절부절 숨 가빠하는 물고기들의 난항이 하늘에 닿았음에도 왈가왈부, 미루고만 있으니 아아, 신들도 권태에 몸부림치는구나 회의에 들었구나 그럴진대 한

번쯤 관행을 고치는 것도 힘에 부친 우리의 점괘는 생계

형 근심주의자

추억은 아름다워라

고등어조림을 먹고 헤어졌다
조만간
짭조름한 양념의 바다에서나 조우할지 모를 일

들물로 입안을 헹구며
건조한 이웃으로 돌아갈 시간
이쑤시개를 잘근거리던 손목시계가
썰물을 뒤쫓는다

바다는 이제
기억의 외양간에나 매여 있을 것이다
뜨거운 면발을 끊듯
식은 커피 잔을 내려놓듯
서로를 떨구는 의식이란
망명길에 올랐던
바이러스의 역습 같은 것

술잔으로 쌓은 집 한 채
아까 먹은 물고기의 머리를 베고 눕는다

놀이 끝난 인형의 자세를 취한다
마침내
일인용으로 쪼개지는 세계

다스리지 못한 물결이 일렁인다
짠물 머금은 눈동자가 비린내로 분방하다
반반씩 나눈 바다에
열렬했던 열쇠를 던졌다
세월 흘러
애인들은 친구가 되었다

즐겁게 꿈을 꾸다가

저기 잠이 끌어들인 사냥꾼 거친 숨을 내뿜으며 덮쳐 오네 얼렁뚱땅 서로를 알아 가는 중이라 둘러 대네 어린 사슴처럼 혈떡였네 죽죽, 칼날이 빚어낸 경이로운 족적 완벽한 고깃덩이로 수군거리네

보게, 죽어서도 숨 쉬는 이중성 천사의 날개를 갈아입었네 몸 구석구석 차단된 망명지 거기가 명료한 혼돈일 줄이야

적나라한 X등급의 관람장 숲은 향기로웠으나 상영 금지 조항은 어디에도 없었네 깨어나기 위해선 평생이 소모되리라 하네 마침내 말씀이 이루어질 시간 귀 기울여 보게 새벽 다섯 시의 알람, 그것은 분명 나무꾼의 도끼 소리였네

커피 믹스

적정량을 봉인해 두었다 바짝 건조한 입자들을 싸르락, 한쪽으로 모은다 점선으로 표시해 놓은 민감한 부위를 단호하게 쭉, 찢는다 오랜 기간 혹독한 가물이라도 견뎌 내고 있었던 걸까 누렇게 그을린 내용물을 종이컵에 확, 털어 넣는다 뜨거운 물로 마음의 수평선을 그어 준다 결정과 분말의 경계가 허물어지는 사이 빈 껍데기를 반으로 접는다 덜 풀어진 침전물의 앙금이 생기지 않게 휘휘, 저어 준다 자작자작, 비등점 없이도 우러나는 즉석 향기, 수위에 따라 들쭉날쭉, 교차하는 우리 시대의 달콤한 헛바닥, 스윗 스윗 기일게 뽑아 올리고 있다

투명한 실종

춥다, 라고 쑤군대는 유리의 말을 보라
물로 지어 쉽사리 냉점에 굴복한 언어가
창마다 허옇게 고밀도의 문장으로 엮여 있다
봉합선이 없으므로 투명하게 비치는 유리의 영역
제 몸을 여미는 것으로 줄거리를 피력하고 있으나
한랭 건조한 오지에서 급조된 연판장같이
조만간 와해되고 말 물의 현장

그녀가 창을 닦는다
창밖의 여자도 창을 닦는다
혈흔처럼 말라붙는 유리의 기호
때맞춰 여닫지 못해 무거워진 눈꺼풀로
착지점을 잃은 여자가 유리에 닫힌다
희푸른 결로 잘게, 잘게만 맺혔던 무늬
불현듯 거스를 수 없는 힘에 소멸되어 갔으나
누구도 그녀의 실종을 수소문하지 않았다는

어깨 위로 치근덕거리는 겨울 햇볕
딱 한 번, 새끼손가락만큼 타들던 연애시를 닮았다

겨우내 드러나지 않았던 온몸의 긴장이
감각점을 배꼽 주변으로 불러들인다
릴리트로의 화려한 복귀일지도 모를
그래, 그녀가 그걸 느낀 건 언제였을까

낡은 다가구 베란다에 그녀를 띄운다
체지방 일렁이는 그녀의 뱃전
난 아니야,
맞지 않는 중년의 물옷을 껴입고 있었던 거야
건녀 왔던 침몰을 주르륵, 벗어던진다

푸른 방

완강한 병의 뚜껑을 따고 들어가면

매끄럽게 굽은 안팎 어디엔가

푸른 요람 하나 옹알거릴 것 같아

병목을 지나 묏등 같은 낭떠러지 저 끝 어딘가

꼭 한 번 누워 보고 싶은

청색의 방 하나 있을 것 같아

병이 비워질 때마다 기우뚱

잦아드는 몸을 들이밀고 하나 둘 셋

낙하 신호를 손꼽아 보고 싶은

꽃술처럼 도도록 솟은 입술에 귀를 대고 가만가만

목울대 긴 병의 궤적을 따라 휘돌면

깊고 푸르게 생을 요약하는 소리

덜 비워진 병끼리 바닥을 기울이는 소리

온몸이 그만 푸릇푸릇 물들 것만 같아

그것은 명백히

병!이야 발음했어야 할 누군가의 혀가 첨벙,

멍들었기 때문일지도 몰라

박음질도 없이 꼭꼭 여며진 몸

비워지고 채워지던 어디선가

파르르, 차디찬 화염이 치솟을 것만 같아
한 사람의 초라한 체온과 입김으로는
닿지 않을 저 깊고 우울한 곳, 거기
빈 무덤 하나 예약해 주시겠어요?
내일쯤 죽는 자가 될지도 몰라
병과 병의 안팎을 드나들던 세입자가
꼭 한 번, 주인 세대가 되어 볼 것도 같아

폭설

흐린 날이면 어디선가 피아노 소리가 들렸다 현과 울림판에 촘촘히 달라붙은 음표들의 말랑말랑한 표피를 벗겨내고 희거나 검게 박혀 있는 뼈를 추려 내면 구름의 장례식이 치러졌다 뼈가 없어 낮게 펼쳐진 기압골을 따라 조용하고 느리게 하강하는 희디흰 새의 무리 지나친 하강이 추락으로 이어지며 겹겹이 물고기로 누웠다 헤엄칠 필요가 없으므로 지느러미와 가시가 하얗게 속살로 변한 눈! 적막이라는 이름의 비늘로 감싼 채 두 눈 부릅뜨고 있다

하얀 밀림

폴폴, 깁지 않은 그물코를 빠져나온다 공중 한 복판 널따랗게 펼쳐진 깃을 털어 내면 모두가 낯설다 유리창 너머 삭제된 광경을 덮어쓴 채 엎드린 지평 위로 물기 걸러 낸 음표들, 한 호흡 뒤처져 맨발로 까딱까딱 목발을 거꾸로 짚고 서 있는 저 게으르고 반항적인 몸짓을 보라 서로 떠밀고 떠밀리며 엉켜 있는 바깥, 얼마나 녹아들고 싶었던 걸까 해쓱한 표정으로 지싯지싯 타오르고 있다 하얀 밀림의 입술로 뜨겁게 빨려든다 0°C로 가라앉는 고요한 열창, 빙글빙글, 구름의 귀가 트인다 제 무덤을 향해 희끗희끗, 무장해제를 당한다 불쑥 불거지기도 하는 불협화음을 몸에 장착한다 스스로 지은 수의를 걸치며 짐짓 날개를 접는다 열어 줘, 열어 줘, 풍경의 뚜껑을 덮었나 봐 아무것도 보이지 않는 저 쓸쓸한 유감

학문의 꿈

가을 창밖
풀벌레 책 읽는 소리
풀밭 도서관 생겼다

지식의 때깔은 저런 것
검은 밤이
초록빛 문장으로 와글거리는 것

풍경을 드나들다
풍경의 한 폭 되었을 때
글을 읽다 마침내
학문의 한 페이지 되었을 때
깨달음은 이미
저무는 풍경
생은 무한한 나그네

몸 적시며 늙은 강 흐른다
창밖에
몰락한 예언 하나 서 있다

식은 죽 한 사발 떠먹고 있다

지킬 것 없이
다 놓아주어야만 할
생의 독서법

허수아비 팔 벌려

산 자의 염려를
죽은 자가 떠안고 있는
동사는 걸러 내고
명사만 걸친 형용
그는
새가 달리는 들판에 꽂힌 이름

KTX 5호차 2번 창측
그가 외발로 달린다
짝발이 되고부터
더 빨리 멀어져 가는 들판

풀숲에 밤이 닻을 내렸다
달에서 내린 사람들이 그에게 악수를 청했다
피 끓지 않는 손잡음이 건조했다
몇몇이 넌 틀렸어
아랫도리를 벗기고는 한쪽 발을 떼 갔다

방치된 그가 사선으로 기울었다

그 말고는 모두 누렇게 노는 재미에 빠졌다

머무는 새 한 마리 길러 볼까

명사를 형용할 겨를도 없이

그는 다시

겨울 문턱을 넘다

황혼에 서다

잠자리 날갯짓에 지쳐 버린
한낮의 등짝에 매달린 들판을 겨우 내려놓았던 거다

전력을 다해 서걱이던 날개를 우두커니
코스모스 비행장에 착륙했던 거다

너는 연필로 그린 별을 깨워라
나는 그때 그 별의 무리를 덧칠할게

누런빛 옷 한 번 갈아입으면
갈바람 한 모금에 사위는 심장

어느 해 그 첫 여자가
내 안에 다시 들 것만 같은

이름을 순서를 바꾸지 않아도
우리 계절을 맞이하는 방식

3부

A4

나는
바닥을 기며 사유를 불러 모은다
흰 운동장의 검은 행렬은 여전히 배타적
타당성을 가진 어떤 비유들은
얼마나 나를 남용했던 걸까
불분명한 주어들이 문장 속에서 늙고 있다
주류를 이루던 발칙한 모의들도 수그러드는 시간
오랫동안 벌레를 보고 있으면
꽃이 될지도 모를 거란 오류에 빠진다
어제를 밝히는 것만으로도 나는 거듭
정전을 반복하는데

어젯밤엔 야생의 모습으로 아프리카를 걸었다
의심도 적의도 없는 눈으로 핥으려 들 뿐
어느 시선도 내 위장에 대해 이의제기를 하지 않았다
문장 속의 나는 주어였으나
햇빛 아래 눈사람을 만든다거나
영역을 주장하기엔 도대체 압도적이지 못했다
죽은 짐승의 가죽을 덮어쓴 채

접어 두었던 기억의 뒷덜미나 쓸어내리고 있는 것은 아
닌지
아무래도 나는 자꾸
뾰족한 바람의 품에 안긴 것만 같았다

개죽음

개라는 말에 솔깃해졌다 한 점 얻어먹을까 기웃기웃
한 마리 개의 죽음에도 빽적지근한 사람들로 북적였다
개 살아 쿵쿵거릴 때는 대단히 처세에 능했던 놈인지
개의 이름을 물어보았다
그러나 그게 아니란 걸 알고 나자 개를 볼 면목이 서질
않았다

애완용 투견용 식용을 가리지 않고 얼마나 개처럼 짖어
댔던가
문득 개도 개 나름이라는 명백한 사실에 봉착했다
으르르 컹컹 한번 개의 입장이 되어 본다
개자식 개만도 못한 XX 개XX 개 같은 XX 똥개인 나만도
못한 놈
확 물어뜯고 싶은 자식 왈왈

잡아 죽일 듯 왕왕거리던 개 같은 나다 개만도 못한 개다
욕할 수 있는 처지도 아닌 거다 불현듯 개들에게 미안했다
앞으로 개고기 먹으러 갈 땐 꼭
욕먹으러 간다 할게

그래 본 적 있어?

똥구녕을 닦아야 하는데 종이가 없어
생각 없이 머릿속만 문질러 대서 그런가 봐
가만있어도 부스럭거리잖아
너무 닳아 뚫어진 거 아냐?
이거 봐, 손가락 짧아진 거

저놈의 멱을 따야 하는데
눈만 마주 껌벅거리고 있어
칼날은 녹슬어 가는데
파멸과 구원이 한 덩이가 되고 있어
이거 봐, 눈동자 골뱅이 된 거

뼈아파 주사 맞아 본 적 있어?
오우, 저 아가씨 주사액처럼 흔들거리는 것 좀 봐
바지 내리라니 얼만큼? 허릴 붙잡는데
속살이 보여야 한대, 속살!
치를 떨며 바지 내려 본 적 있어?

거울 經

이것은 문밖으로 나서기 전 고하는 경
어떤 과거도 불문에 부친다
얼결에라도 시험에 들지 않도록
시시콜콜 따져 드는 면면을 다스려 가며
반듯이 펼쳐 놓고 방역해야 할 내외적 검역소
문과 문 뒤에 숨어 어디로든 끌려다니는
내 뒤안길은 두문불출 등짝에 붙박인 불경
어느 거리의 재앙 속을 뒹굴며 떠돌다
돌아와 내 안의 불순물을 걸러 내다 보면
끝내 제 속에 틀어박혀 입적한 스스로의 적
외면의 전달을 궁리하다 뽀드득 드러나고만 내면엔
들쭉날쭉 북받치는 평면을 뚫고 치솟는 굴곡의 경
그 바닥에도 조금은 휘어지는 구석이 있으리라
온몸이 눈에 덮인 몸이므로
경을 벗어난 표정으로 부딪쳐 가노라면 찢기기 십상
반들반들 잘 닦인 경일수록 정확한 표적으로
쨍그랑, 꿰맬 수 없는 불의의 경을 칠 수도 있지 않은가
오늘도 누군가 이마를 맞대고 비벼 대며
흥흥, 주먹으로 후려치고 있을지도 모를 일

단 한 번의 대면으로도 구면이 되기 일쑤여서

떠날 채비를 갖추는 척 손을 흔들며 신호를 보내오지

아니야, 그게 아니야, 좌우로 질서정연하게 우왕좌왕

벌거벗은 채 선문답 중인 저기 외눈박이 경 하나

지금, 무얼 외고 있는 거니

견고한 얼굴

누가 밤새 강바닥을 두드리는가
조각조각 단단한 울음이 모여들더니
이른 아침 물의 골격이 완성되었다
겹겹 벼르고 벼른 물의 의지가
한순간 동결된 것이다

주르륵, 물을 켜고 싶은 구름이
땀을 닦으려던 바람이 미끄러졌다

이 돌연한 변화에 강은
제 몸이 잠시
굳은 생각에 든 것이라 헤아렸으나
어디에고 그것을 암시하는 경관은 없어 보였다

쩍쩍쩍, 엄마가 왔단다 문을 열렴

스스로 쥐어짠 고백이 저런 모습일까
햇빛 주렴 사이로 흐물흐물
차가운 물웃이 흘러내리고 있었다

내 손에 네 손이 겹쳐졌구나
꽃 놓을 자리 몸 눕힐 자리 가늠할 수 없어
이렇게 꽁꽁 찾아왔단다

세상에서 가장 딱딱한 현상을 지닌 눈물이
호시탐탐 문밖에 서 있는 것이었는데
영하의 표정으로 켜켜이 몰입하다가
마침내, 강의 지붕을 엮어 내는
저 물의 양미간을 보라

골목에 흩어진 인적을 끌어 모아 하나의 몸을 만드는데

밤 한 시의 비가 목구멍으로 흘러든다

시큰둥하던 잡념의 줄기가 뻗어 나간다

밤 두 시의 비가 골목을 차단할 때면

분주히 걸려 넘어지는 세속의 다리들

밤 세 시의 비가 관자놀이에 검은 낙관을 새긴다

지붕 아래로 추락하는 눅눅한 것들의 사생활

사물들의 내분비샘이 와자해지자 총총,

우산을 받쳐 든 바람이 멀어져 간다

종일 지루한 졸전을 벌이던 우리가 휴전을 했다

방 안 가득 반전의 분위기를 띄우며 커피 마시기 놀이에

열중하는데

우리는, 새벽 네 시의 빗줄기가 투척한 오물들

감염된 구름이 빚어낸 동그란 과오들

떨어져 보아야 균형 잡는 방식을 알지

아무도 아침의 나라로는 귀환하지 못할 거야

손을 대면 와락 빠져들던 정의의 문고리는 누가 떼 간 걸까

새벽 다섯 시의 비가 눈을 흘긴다

몸이 두근두근 천재지변을 감지하자

일기예보를 무시한 새가 구름 활주로에 불시착하고 있다

감명 깊은 굉음을 수반한 아침 여섯 시의 폭우

글 써서 난민

그리움도
짐을 챙겨 떠났다
빈집을 변명하는 옛 호흡들
한 채 폐가가 완성되었다
계절을 수습 중인 꽃밭엔
주부습진만 한창
빈곤을 공유하던 나비도 비둘기도
처마 끝에 매달린 탄식

낭만은 곧잘
담장 위에 늘어지곤 했다
알맹이는 버리고
껍질만 먹은 걸까
식탁 위에 무성한 잡초
아침은 이제 분주하지 않았다
수많은 말들이 쏟아지던 밤하늘
뚫린 구멍들만 수런수런
마음속 동화가
유령처럼 야위어 갔다

폐선을 앞둔 배에 올랐다

혼돈의 정부(情婦)가 되어 버린 난민의 바다

정수리로부터

부끄러운 이름 하나 흘러내리는데

책도 안 읽는 친구들이 자꾸 묻는다

글 써서 돈 좀 벌었나?

나뭇잎 배

풍경의 미닫이를 연다
너도 나도 알고 있는 저 들판
석양이 분화하고
잠자리 날갯짓에 찰랑이는 들녘
차르륵
코스모스 비행장에 내려앉는 가을

공중 가득 나는
연필로 별을 그었다
그때 그 두루뭉술하던 별들의 무리
이제 와 날 바라보는

부끄럽고 쇠잔해진 내가
바람의 반대방향으로 눈을 맞추면
들판 여기저기
무지갯빛 신호등
이름은 그대로여도
옷은 갈아입어야지
그리하여

그때 그 첫 여자가 다시 들 것도 같은

내 어진 가을의 건널목이여

노래는 나의 힘

강원도였고 성탄 전야였다
경월소주에 노가리 회식
군대식 유행가를 부르고 악을 쓰고
눈물의 내 노래는
빤스 바람에 완전 군장
전원 거기에 붕대를 감고
뺑뺑이를 돌았다
개자식이었다 고참은
곰신도 한 번 없던 주제에 날더러
군기 빠진 놈이라 내몰았다

그해 이브날 밤 나는
빤쓰바람 당한 전우들이 발사한
회식날 밤 소리 없는 총질에
전사하고 말았던 것이다

여차하면 종아리에 그려지는 오선지
아버지는 무명의 작곡가 겸 지휘자였다
음악의 음 자도 모르는 독선

오선지 가득
눈물방울 멜로디가 채워졌을 때

나는 분연히 독재에 저항했다
절대로
당신의 세속음악을 연주하지 않겠다
당신에게만큼은 뽕짝 한 잔 부어 올리지 않겠다
다짐했지만
명절이 오가고 이제 내가 그의 나이
화장실 문을 잠그고 흐느꼈다

"나도 개성식 만두를 좋아하게 됐다니까요"

느낌

엄마가 문득
우편함을 서성거리다 간 느낌
봉투를 뜯을 때면 푸르르
초록빛 계절이 쏟아질 것 같은
그때 그 사람들 피고 지던
눈이 다
흘러내릴 것만 같은

내 작은 영역에 담고도 남을
한 줌뿐인
그것만으로도 머릿속이 시나브로
몽롱해질 것 같은

하지만 나는
받을 것 없는 수신인
부스럭거리다 조용해진 이름으로
불모지에 떨어진 것만 같은

누구도 날 부른 적 없는

그리하여 다만
거취불명으로만 남겨질 것 같은
풍경을 되돌린다면 그때 그
당신의 품속이 맞는지
머뭇거릴 한 마디마저
놓쳐 버릴 것 같은 느낌

오늘 밤도 눈 속의 목선 한 척
그렁그렁 글썽일 때면 아빠
새엄마라도 하나 구해 줘
졸라 대야 할 것 같은 느낌

냄새의 기원

외출에서 돌아온 아내가 제 방에서 남자 냄새가 난다고 했다 나는 당신의 코가 나와 남자를 구분하게 된 거라고 말해 주었다

무얼까, 한참 동안 그녀의 방 이곳저곳 코를 박고 킁킁거렸다 무언가 느껴졌으나 한때 열중했던 애매한 종류는 아니었다

멀뚱히 한 냄새에 골몰하고 있을 때 휴대폰이 울렸다 무심코, 자기야! 했다 그리고 그 순간 깨달았다 하나는 중독이었고 다른 하나는 마비였다 달달한 맛과 향에 빠져 있던 사이 아내와 애인을 구분하는 코가 지워진 것이다

아내의 무릎을 베고 누웠다 냄새를 찾는 일이란 치마 속을 헤집어 킁킁대다가는 스르르, 무릎 사이로 스며드는 것이리라

달 한 마리

의자에 앉으면 의자 모양의 생각 종내는 뿌리를 내리고 잎을 키워 무성한 그늘에 들 것만 같은

강을 따라 걸으면 물고기를 닮은 생각 조만간 비늘이 반짝이고 지느러미가 돋아 물속 족속의 꼴로 살 것만 같은

그때 그 나무 아래 서면 누군가 두런거리는 소리 종일 닫았던 입 열어 처음으로 아는 척할 것만 같은

물가를 서성서성 깊은 수심 그 아래 유년의 일기장이 적적할 것 같은 떠도는 내 노년이 서둘러 그 속에 눌러살 것만 같은

달려라 아이

버튼을 누르면 핑그르르 함부로 구겨 넣은 뼈마디가 접힌다 물이 차오르는 동안 꾹 다문 입 양미간이 찌푸려진다 다짜고짜 두드리고 쥐어짜며 우격다짐을 받아 내고야마는 고집 다 자라지도 않았는데 지레 늙어 버리는 것은 아닐까

코스를 변경하는 순간 들여다본 천국은 볼수록 참 작기만 한데 풀코스를 완주한 세탁기가 끄응, 앓는 소리를 낸다

삶은 빨래가 아니므로 비빌수록 시난고난한데 억지로 짜맞춘 아이의 매사가 심드렁하다 건드리면 터져 버릴 듯 물방울 몇 개 매달린 배수구 끄트머리, 찌든 땟국물로 왁자한데

한 발짝 물러서는 아이의 눈망울이 못내 그렁그렁하다 속속들이 구겨진 속내가 말라 가는 건조대 눈곱 낀 햇살이 몇 차례 하품을 하고 돌아서면

학교를 꺼내 놓은 가방이 학원과 과외로 불룩해졌다 '엄
마, 누가 내 신을 신고 간 거야?' 벗어 두었던 몸을 억지로
껴입은 아이의 발목이 빙글, 외로 꼬인다

딱따구리

어이 난 말야 마초적 체질인가 봐

뭔 놈의 말초신경이 모두 거기로만 몰리는지

새벽이면 곧추서는 부리

조준이고 뭐고 무차별적으로 몰아붙여야 직성이 풀리거든

표적은 그야말로

속살 오그라드는 쾌감으로 촉촉해지지

난 숫제 노골적 집착으로 뭉뚱그려진 상징

새벽형 인간들도 깨어나기 전 열렬히

달뜬 아침 맞아 본 적 있어?

몸뚱이가 부러지든 말든

나처럼 단단해져 본 적 있냐구!

이봐 난 그렇지 않아

허구한 날 이놈의 부리는 물렁하게만 발기해

지당하신 한 마디 마땅한 처벌에 몸 둘 바를 모르겠어

어쩌면 저렇게 남의 살을 잘도 파먹는지

단세포적 왕복운동 비릿한 수작들이 날 숙이게 해

이것 봐 감각기관들 느슨해진 거

조만간 한 호흡만으로 하루를 견뎌야 할는지도 몰라

발기부전 불감증이라구?

그럴지도 몰라 하지만 그도 저도 다 귀찮아

이를테면 알맹이는 빼앗기고 껍질로만 연명하는 느낌

이러다 평생 먹잇감으로 남는 건 아닐까?

맛있는 채널

배가 고파 잠이 깹니다
무엇보다 리모컨부터 찾습니다
채널 바꾸기는 우리의 몫
문명은 바야흐로
입 아닌 입으로 말을 하고
손 아닌 손으로
지지고 볶아 주는 신상도 많은데

단순 무식한 우리 집 냉장고
밥 줄까?
투박한 한 마디 건네 옵니다
문 열면 냉장실 한 구석
오두막 한 채 짓던 엄마 아빠
시들부들
푸성귀 한 줌 꺼내 줍니다만
예사로 발라먹고 찜 쪄 먹던 그들을 등지고
편의점을 다녀옵니다만

끓는 물은 왠지 모르게

쓰고 또 쓴 이력서를 닮았다는 거
펄펄
익어 버리고도 싶지만
면발이 삶아질 동안 조금
신중해지기로 합니다

채널을 돌리자
찬밥 한 덩이 꺼내 오는 누이
요 때만큼은
맘에 쏙 든다니까요

몇 개의 재발견

새

부리로 받아 적고 날개로 지운다 공중은 함께 나눠 쓰는 그들만의 공간, 썼다 지웠다 판에 박힌 학습, 만 번의 비행을 거듭하고 있다
몸속 어딘가에 복제된 세계지도, 한 번도 써먹은 적 없었으므로 길을 잃어 본 적 없다

늑대

고독을 짜깁는 기술자, 한 음절의 울음으로 초승달의 여백을 채웠던 시절도 있었다 오래전 인간의 유전자를 훔쳐 진화했던 탓에 대개 멸종된 종족
보름달이 뜨면 본성을 되찾는 무리다 술에 취해 우짖는 사람의 눈매를 닮았다

바람

산과 바다 구름 사이의 의견 충돌이다 해소되기까지 몰려다니는 까닭에 부침이 심하고 변덕스럽다
때때로 인간과 인간 사이에서 발생했을 때는 분분한 소용돌이를 일으킨다

입자를 분석해 보면 지구 곳곳의 표정을 검색할 수 있다

나비

허공에서 피는 꽃, 꽃의 영혼이다 절반의 웃음과 울음으
로 건네는 사무치는 인사법이다 향기를 보고 깔깔대는
꼬마천사의 손뼉, 하느님의 작은 날개다
보고 있으면 눈이 다 해질 것 같은 다큐멘터리, 봄날의
폭설이다

연필

몸 밖으로 나온 혀다 검은 피로 진술한다 상상력이 부족
할 때면 종종, 몇 잔의 커피를 필요로 하나 짧아지거나
부러지면 칼에게도 베이는 것이 필연적이다
또르르 굴려 보면 모두가 시험에 든 지금이 딱 그렇다

문자의 재해석

시대가 변했다 따라서 문자의 해석도 달라져야 한다

→ 알아서 기시오

← 누울 자리 보고 발 뻗으시오

↑ 닥치고 줄 서시오

↓ 문 닫고 꺼지시오

♂ 애인 있는 사람 손 드시오

♀ 애인 없는 인간 입장 금지

★ 우주선 탑승장

※ 남녀 공용 사우나

₩ 화장지 말고 돈으로 해결하시오

♥ 뽀뽀 한번 할까

℡ 조용히 하시오

● 제자리에서 한 바퀴 도시오

+ 이인 분 기준

— 맛보기

× 곱빼기

÷ 더치페이

시가 유서를 닮아 가오

장례준비를 해야 할 것 같소

물방울 가든

저것 봐, 바람의 울타리를 잘도 빠져나가잖아
주춤주춤 발자국 한 개 흘리질 않았어
후욱, 터뜨려 보았으나
벽을 세우거나 뼈대를 맞추다 만 기록도 없거든
동그란 여백 하나로 중심을 밀어내듯 퍼져 나가고 있어
가장자리에 이르러서는 그만 보르르 꺼져 주는

어쩌면 쥐라기 이전의 빗방울은 지구만큼 컸을지도 몰라
수중 요리사인 물고기의 증언을 들어 보는 것은 어떨까
지상에서 가장 잘 뒤집히는 프라이팬이 떠올랐어
'묻지 마'란 요리가 준비되어 있다는군
울렁울렁 부풀어 올랐다가는 곧 터지는 게 특징이지
수면 위에서 기다리던 봄에게 먹힐 게 분명해

주문은 필요 없어
누구든 퐁퐁 올라오는 음식만 건져 먹으면 돼
빗방울은 물방울 가든의 주요 재료
이미 차오를 때가 지났지만 다소 늦어지고 있다는 전갈
이야

그럴 땐 가뭄의 벌판에 다소곳이 앉아
구름의 촉수라도 뽑아 가며
비를 빌고 있으려니 생각해야지

요즘 새로 짓는 물방울은 너무 쉽게 터져 요리가 쉽지 않
대나
어딘가에 거품이 빠졌다는 뜻이지
가끔 주인이 바뀌었다는 소문도 들려오곤 해
왜 물방울 가든엔 좀처럼 손님이 들지 않는지 넌 아니?

뱀

나는 기어 다니는 몸짓
꿈꾼 적 없는 깊고 긴 잠

나는 옛날 옛적
꼬들꼬들한 줄기를 꼬아 만든 책
비릿한 추문과 늘어진 주석에
짚지도 않고 버린 지팡이의 몰골

발을 빼 먹은 탄생
몸을 발로 사용하는 극빈
내 이력서를 펼쳐 본 누군가는
독을 품은 경력에 불편해지기도 하지

흔적 없는 발자국인 나는
수풀 속 작은 구멍을 몸으로 때우고는
불 꺼진 심지처럼 꽂혀
소수민족의 은총인 양 혀를 날름날름

그때 그 첫 사람들은

부유하던 내 사과의 첫 고객
신발 한 켤레를 소원하는 심정으로

대가리가 먼저인지 꼬리가 먼저인지
획일적이지 않은 내게
돌멩이부터 던지는 혹자들의 거리 두기
혹은 왈가왈부

내 조상의 기원은 묵은 소금
날 보는 눈길마다 짜디짠 협곡화를 이룰지니

4부

비 내리는 법

이발소 남자가 면도칼을 들고 올라가 지붕에 걸린 구름의 뼈를 다 발라냈다

뭉쳤던 근육을 풀어 주고 충치를 뽑자 소나기가 내렸다

귀를 열고 지켜보던 아래쪽 지붕들이, 창문과 나무들이 어느새 행복해진다

자장면 한 그릇 시켜 먹은 빗줄기가 햇볕에 부르튼 지붕을 적시고 처마를 타고 내려와

갈라진 길바닥을 봉합한다 갑자기 분주해진 우산들이 고립된 길과 골목을 연결한다

아랫도리를 적신 자판기가 빗방울의 틈을 비집고 한 잔의 수증기를 날려 보낸 뒤

구십오 도의 체온 유지를 위해 재빨리 입을 닫는다

가위와 빗을 내려놓은 미용실 여자가 온수를 틀고 물의 온도를 읽자

고슬고슬 양털 파마로 모양을 낸 구름이 고분고분 머리를 들이민다

주머니에 손 찌르고 방관하던 바람이 두런두런 외출 준비를 하오

누렇게 마른 입술 달싹거리던 샛강의 입이 건너편 뚝방까지 죽 찢어져 간다

선유도 거기

섬이 새 옷으로 갈아입은
저 다리를 건너려면 새 신도 필요할 것 같은

들떠 문 밖으로 나서면
낙심한 늙은 개 꼬리를 내리는
묵은 풍경들 짭조름히 젖어드는

물고기들의 지느러미 도보화(徒步化)한
작은 배들의 뱃바닥 뿌리를 내리는

달콤한 식민지로 전락해 버린 섬 섬 섬
수많은 질문들과
빤한 답변들이 무리 지어 깔깔거리는

섬은 떠돌거나 옮기면 안 돼
문명의 유혹으로 침몰시키면 안 돼

별들이 알아서 날 가두었던

이제 소중했던 통증들 사라져 가는

그 섬들

세기말

반가운 소식을 접해 본 게 언제였는지 늘 밑이 빠져 있는 하루 이것은 필경 권태가 종교의 근간을 넘나들고 있는 거다 장기(臟器)가 모두 썩어 문드러졌는지 먹을수록 배가 고팠다

더는 채우려 들지 말아 다오, 부패를 건져 보려 들어간 냉장고, 늘어날수록 자꾸 곤궁해지는 도시임에 틀림없다

아는 얼굴이 처음 보는 얼굴로 가부좌 틀고 앉아 있다 문을 닫자 생각의 고삐를 앗아 간다 무얼 섞는지 나를 된통 버무리기 시작한다

소음으로 우거진 도시의 다리 아래를 걷는다 한 비둘기가 한 비둘기를 찢어먹고 있다 검은 다리를 미끄러뜨리며 다가서는 잿빛 립스틱의 여자들

누군가의 생살을 삼켜야만 온몸의 핏줄기가 흐르는 것이다 남의 살을 베어 먹지 못한 자들이 구부정, 스스로를 햇빛에 버무리고 있는 가운데

평생을 걸고서도 미치지 못했으니 내가 나를 잘 모르는 것이리라 누군가 유전인자의 독재에 관여하고 있는 건 아닌지 보는 것마다 뚜껑을 열고 너지? 너지? 다그쳐 보는 것이었으나

아무도 날 몰라보는 걸 보면 세기말이 분명하다

시(詩)가 발생했다

저 바람의 다리는 짧아
햇빛 아래 정직했던 알리바이들 불타는 벽에 가로막힌
느낌

저녁은 까맣게 부풀고 동네 버스정류장에 앉아 버스를
기다리지만
아무 데도 가지 않는 나는

길고 네모지고 둥글고
버스가 버무린 이들의 얼굴과 표정들 이 또한 근사한 사실

여름 빗줄기
책 읽는 소리로 들리지 않아?
펼친 책 속 건조한 척 바스락거리지만
자꾸 물속에서 허우적대는 것 같아

반음씩 물방울
피아노 건반을 미끄러져서는 마침내 하나의 물무덤이 되
고 마는

비는 그대로
누군가 벨을 누르면 멈출까 까닭 없으면 싱거운 강물이
되고 말

구름을 보관해 두었던 내 서랍이 떠내려가
산책도 여행도 달팽이랑 나누던 대화도 아 잠깐만 젖은
일기장은 건져야 해

신판 창세기

친절하거나 혹은 이기적인
우리가 만든 낯선 기호들은 다 무언가

수평선 너머 유토피아는 여전한데
떠들어 댈수록 세상은 한통속
지구가 더워졌다

만 년 전 원시인들이 다녀가고부터
붕어빵의 붕어는 수컷 일색
위원회는 날마다
고전에 밑줄을 긋고 관행을 만들었다

사람과 동물의 경계는
가죽 이외에 다름 아니어서

세월이 흘러
물고기들이 물 밖 인간을 낚는 시절
성직자들이 스스로 거세하자
왼손과 오른손의 비밀이 사라졌다

하여

종족들의 수직적 종속관계가 재편성되고 있으니

뒤돌아보는 문명은 없는 것

그러므로 창세기는

마지막을 이르는 이름이다

어쩌다 목욕탕

공사가 끝났다
아래층이던 여탕이 위층으로 올라간 것이다
봉인 해제된 속살들이
키득키득 흘러내렸다
한 뼘 창구를 통한 암묵적 거래
침묵에 들었던 사내들의 풍경이 꼿꼿해졌다

세속적 물방울이
물밑에서 뻐끔거렸다
수도꼭지를 틀면
냉수와 온수가 적절한 합의를 이루며 쏟아졌다
물타기만으로도
불그죽죽 달아오른 위 아래층
탕 안 가득 차고 넘치는
그 여자 그 남자의 의기투합

주인 여자는 즉각
탕 안에 든 대중을 자신의 영역에 편입했다 미래까지도
별다른 처방도 없이

물 밑 거래의 효과는 일백 프로

서두르거나

체위 변경을 하지 않았음에도 그녀가 난생처음

절정을 느꼈다

에헤라 디야

나랏말이 거듭나고 있다
나랏님을 비롯한
늙은 말들의 안식처가 안습이다

진화와 애인은 대개 속물적이어서
팬티 벗을 때 어느 발을 먼저 빼?
김언희 같은 질문만 한다

이번 생이 폭망한 나는 대체
끼어들 문명이 없다
*빼박*도 원활하지 않아
아내 곁 세 들기로 하는데
집세가 강남이다 제엔장
집주인이 엄마라면 좋았을걸

옵*빠*
우리 아빠가 죽었어
둥글게 생긴 애인이 돌돌거렸다
아아, 죽이지 않아도 죽는구나

애인의 그놈이 죽었더라면 더 좋았을걸
하지만 우리는 지금 생생하므로
금세 명랑해진다

그 여자 그 남자가 다녀간 방구석
배달된 뼈로 동물원이 이뤄졌다
꼿꼿해졌다가 물컹해졌다가
나는 고답일 뿐

* 맥락 없고 형편없으며 어이없음
* 폭삭 망했다
* 빼도 박도
* 다 아는 그녀 시인
* 오빠
* 고구마 먹은 것처럼 답답한 사람

염소는 힘이 세다

죽은 심장을 품은 채 박제된 표정
이름이 불리거나 복종하는 법을 배우지 못했으므로
빛바랜 풍경을 거처 삼아 우두커니

오래전 지상의 어둠을 예언했던 카산드라의 표정도 저러
했을까

매우 적막했던 것이다 낡은 액자 속을 뛰쳐나온 염소 한
마리 때 묻은 정서를 털어 낸 다음 스스로를 풀숲으로 방
목했다

그것은 곧 출처를 알 수 없는 소문과 같이 파다해졌는데
장차 잊었던 들판을 지배하려는 의식일까
풀빛에 물들어 비릿해진 두 눈
애매한 주둥이로 초식의 기원을 읊조리기 시작했다

짧고 또렷한 뿔 명료하게 요약된 꼬리로 획을 그어 가며
짐짓
초원의 맹주임을 선언하는 형국

뭉툭한 발굽을 울려 대며 풀밭제단을 점유하는 것이었다

누구나 기원하는 낭만적 별자리를 소유하였으므로
운명을 보채거나 절망에 몰두하지 않는다
초록을 우물거리며 왕국의 율격을 조율하는 정원사
눈앞이 점점 까만 무늬로 얼룩지고 있다

아무도 없는

가다 보면 오래전 파 놓은 무덤 속에 묻혀 버린 느낌 다 해진 빈방들만 뼈대를 드러내고 있을 것 같은 그러니까 그 문을 닫으면 다시는 못 열 것 같은

식은 재를 모아 불을 지피다가 일생을 다 보냈을 것 같은 아무것도 끓지 않는 솥뚜껑을 열어젖힌 채 누군가 건너뛴 저녁을 요리하고 있는

껍질을 팔아넘긴 토끼가 간마저 꺼내들었다는 야반도주한 달의 난민들이 가로등 불빛을 쐬며 헤어진 이름을 더듬고 있는

버려진 밥상, 구르는 깡통만으로도 넘칠 것 같은 없는 문을 열고 사람들이 들어서면 낡아 바삭거리는 창에서 새어나오는 가늘고 긴 염려들

사내 하나 골목의 끄트머리에 서서 제 집의 행방을 묻고 있는 심하게 뒤틀린 계단 위 다 닳은 옛 신발자국들이 걸음을 뗄 것만 같은

오늘의 기울기

감나무 그림자가 담을 넘는 오후입니다 집이 기울고 있는 건 아닌지 내어다 봅니다 햇빛을 차압한 그림자가 까르르 까륵 타들어 갈 뿐 기울거나 가라앉은 흔적은 없습니다

그렇다고 여기저기 전화를 넣지는 않습니다

후르르 나뭇잎을 떨어뜨리며 새들이 타고 있습니다 연기한 점 없이 활활 아무것도 묻히지 않은 푸른 무덤 위를 깔깔대며 타오르는 한낮입니다 나무의 몸뚱이 속 켜켜이 뜨거운 파문이 번지고 있습니다

온통 눈만 부풀린 잠자리 한 마리 나무 아래로 불쑥 떨어집니다 불에 젖은 새들이 숯덩이가 된 부리를 분주히 문질러 댑니다

굵은 가지 하나 떨어지며 저 아래 골이 깊은 개의 눈을 꿰뚫습니다 라고 썼지만 혹시 그것 또한 그렇고 그런 오늘의 기울기는 아닐는지요

외계인 주차 금지

에피소드를 써야지 감상은 안 돼

기상이변이 속출하자 화들짝
폐타이어에도 꽃이 피었다
골목길에도 은총이 내린 것이다

골목은 시방 가장 무서운 전쟁 중
대문 앞 주차 금지
비타협적 양분 하나만으로도 충분했다

여보세요!
주차를 이따위로 하시다니요
어젯밤엔 양다리 걸치기
오늘은 아예
통째 가로질러 독차지

이를테면 편리형이랄까 방치형이랄까
세울 자리 마땅치 않은 자 결국
공중에 매달아라

씨앗도 뿌리도 내리지 않는 저것
꽃보다 귀중한 꽃말 대신
우리 모두 생생한 현장감으로 외치곤 하지
주차 금지!

위험한 가족

거울 앞에 서면 나는 어여쁜 사람 누가 뭐래도 참다운 기
회주의자
빵빵하던 누이의 사춘기를 빗겨 주던 엄마
'거울 앞에선 흔들지 말아라, 거울이 출렁이잖니'

아버진 어디서든 고목
침묵으로만 진화한 아버지 '내 성분이 아직 너희 유전자
에 남아 있기는 하니?
엄말 따라 하고부터 너희의 성장이 멈춘 게지'

가족을 빗질하던 엄마 그러노라면 애면글면 요동치던 그
녀의 불구
아무도 아는 척하지 않았지만 한 남자의 베스트셀러가
고스란히 담긴 그녀의 표정

팔아먹지도 못할 걸 유산이라고 남긴 인류는 아빠라는
종족뿐

그렇지만 어떡해 우리 몫이 분에 넘쳐
엄마가 마저 처분해 주면 안 될까

임연수어

아파트 금요 장터
한류성 비린내가 눈에 익다
문득, 어류 독감에 개명이라도 한 걸까
고작 사천 원의 몸값으로 장바닥을 떠돌다니

그래, 임연수!
덩치 큰 얼룩 물고기
동무를 모른 척할 수도 없는 노릇
밀가루를 발라 튀겨 먹을 때까지
토막토막,
허묘의 저장실에 염장해 두었는데
이면수란 방언으로 즐겨 불리던
어른 속에 갇힌 아이
어디, 네 먹먹한 표정이나 나누어 볼까

태연을 가장한 생활 방식
그렇게 몸 지는 줄 모르더니
검은 화색 내비치는 껍질로 칠갑을 하고도
바다로 가자, 성화를 치던 물고기

성별 없는 별자리처럼 붙어 앉아 수런수런

어이, 내 고향은 깊고 너른 바다

알래스카, 라고 부르면 이빨이 시려

턱턱, 흐느끼더니

이제 돌아가야 해 문득, 고백하더니

비린내로 고인 물고기자리가 동동 떠올랐다

주섬주섬 마른 비늘을 뜯어낸다

가지 마!

미늘 없는 바늘로는 너를 꿰어 둘 수가 없구나

어떡하니

그 얼룩무늬 수의 좀 벗어 봐

잠이 부족해

왼쪽 눈의 비경이 오른쪽 눈엔 황무지 철학이 빠져나간
만큼 나는 야위어 가는

알 것도 같은 누군가의 잠꼬대에 휘말려 동틀 무렵까지
송사를 겪는 내게 품질 나쁜 책을 읽지 말라는 판결

그래 이름 없는 이에게 이름을 무덤 없는 아이에게 무덤
을 세우려는 목적이었거든

내 바람은 좀 전까지 마음속 간절했으나 시방은 노숙인
의 바짓가랑이에 휘감겨 펄렁거리는

한때 나도 임이 있었다는 사적인 농담만으로도 공개되는
로그인의 절대적 업적

비가 내린단 말 없었어 그런데 옷이 함박 젖었거든 어디
에 어떻게 가입해야 안전해?

동의든 비동의든 돌아다니는 비밀번호 수거하느라 잠이
부족하다는

불안한 모자

잠잘 때 말고는 벗지 않았다 아내는 모자가 뿌리를 내렸기 때문이라 했다 그 속에 숨겨 놓은 애인이 꽃을 가꾸며 살고 있으리라 했다

새벽의 약수터 세수할까 말까 망설이는데 새파란 아이 하나 아, 빨리 하라고 을러대기에 포기하고 말았다 힘이 모자라기 때문이었다

옷 벗고 모자 쓰고 탕 속에 들어가기도 했다 '모자 젖어요' 하는 사람들의 말이 '모자 저 줘요'로 들리기도 했다

새치 하나 없는 아버지, 탕 저쪽에 앉아 있다 모르는 척 물 한 바가지 끼얹자 모자의 흰 유전자들이 배수구로 빠져들었다

덧붙여도 모자라는 아내의 잠이 태평이다 눈 뜨자마자 색다른 걸 쓴다 오늘 밤 거기서 유숙하리라

나도 숨 쉬고 싶다

ⓒ 박승일, 2024

초판 1쇄 발행 2024년 10월 15일

지은이   박승일
펴낸이   이기봉
편집   좋은땅 편집팀
펴낸곳   도서출판 좋은땅
주소   서울특별시 마포구 양화로12길 26 지월드빌딩 (서교동 395-7)
전화   02)374-8616~7
팩스   02)374-8614
이메일   gworldbook@naver.com
홈페이지   www.g-world.co.kr

ISBN   979-11-388-3588-6 (03810)